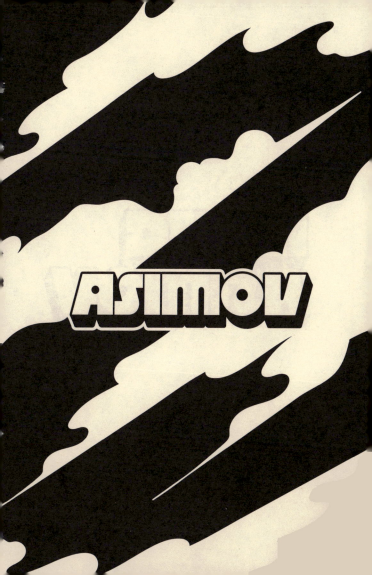

O HOMEM BICENTENÁRIO

TRADUÇÃO

Aline Storto Pereira

AS TRÊS LEIS DA ROBÓTICA

1. Um robô não pode ferir um ser humano ou, por inação, permitir que um ser humano venha a ser ferido.

2. Um robô deve obedecer às ordens dadas por seres humanos, exceto nos casos em que tais ordens entrem em conflito com a Primeira Lei.

3. Um robô deve proteger sua própria existência, desde que tal proteção não entre em conflito com a Primeira ou com a Segunda Lei.

1.

Andrew Martin disse "obrigado" e sentou-se na cadeira que lhe ofereceram. Ele não parecia estar apelando ao último recurso, mas estava.

Na verdade, ele não parecia estar fazendo nada, pois havia uma suave inexpressividade em seu rosto, exceto pela tristeza que se poderia imaginar em seus olhos. Seu cabelo era liso, castanho-claro, um tanto ralo, e não havia pelo no rosto. Parecia recém-barbeado. Suas roupas estavam nitidamente fora de moda, mas limpas, e predominava um tom aveludado de vermelho violáceo.

Atrás da mesa, de frente para ele, estava o cirurgião, e a placa em cima do móvel incluía uma série identificadora completa de letras e números com os quais Andrew não se preocupou. Chamá-lo de doutor seria o bastante.

– Quando podemos fazer a cirurgia, doutor? – perguntou ele.

– Não sei ao certo, senhor, se entendo como ou em quem essa cirurgia poderia ser feita – respondeu o cirurgião em voz suave, com aquele tom inalienável de respeito que um robô sempre usava para falar com um ser humano.

Poderia ter havido um ar de intransigência respeitosa no rosto do cirurgião se um robô do seu tipo, de aço inoxidável e cor levemente bronze, pudesse exibir tal expressão, ou qualquer expressão.

Andrew Martin examinou a mão direita do robô, a mão com que cortava, pousada sobre a mesa em total tranquilidade. Os dedos eram compridos e moldados em curvas metálicas artisticamente serpenteantes, tão graciosos e apropriados que era possível imaginar um bisturi encaixando-se neles e o conjunto tornando-se temporariamente uma única peça.

Não haveria hesitação em seu trabalho, nenhum vacilo, nenhum tremor, nenhum erro. Por certo, isso era fruto da especialização; uma especialização desejada com tanto fervor pela humanidade que poucos robôs continuavam tendo um cérebro independente. Um cirurgião, claro, teria de ter. E esse, embora tivesse cérebro, era tão limitado em capacidade que não reconheceu Andrew; provavelmente nunca ouvira falar dele.

– Já pensou alguma vez que gostaria de ser um homem? – indagou Andrew.

O cirurgião hesitou por um momento, como se a pergunta não se encaixasse em parte alguma de suas rotas positrônicas.

– Mas eu sou um robô, senhor.

– Não seria melhor ser um homem?

– Seria melhor ser um cirurgião melhor, senhor, algo que eu não poderia ser se fosse homem, mas apenas se fosse um robô mais avançado.

– Você não se ofende com o fato de que eu possa lhe dar ordens? De que eu possa fazer você se levantar, se sentar, ir para a direita ou para a esquerda, simplesmente dizendo--lhe para fazer isso?

– É um prazer satisfazê-lo, senhor. Se suas ordens interferissem no meu funcionamento com relação ao senhor ou a qualquer outro ser humano, eu não obedeceria. A Primeira Lei, que se refere ao meu dever perante a segurança humana, prevaleceria sobre a Segunda Lei, relacionada à obediência. Caso contrário, a obediência é meu contentamento... Mas em quem devo fazer essa cirurgia?

– Em mim – respondeu Andrew.

– Mas isso é impossível. É uma cirurgia claramente nociva.

– Isso não importa – retorquiu Andrew em tom calmo.

– Não devo causar dano – argumentou o cirurgião.

– Em um ser humano, não – concordou Andrew –, mas eu também sou um robô.

2.

Andrew era bem mais parecido com um robô quando fora... fabricado. Tivera uma aparência tão robótica quanto a de qualquer outro robô já produzido, funcional e com design elegante.

Ele se saíra bem no lar para o qual fora levado na época em que a presença de robôs em residências, ou no planeta como um todo, era uma raridade.

Havia quatro pessoas naquela casa: Senhor, Senhora, Senhorita e Pequena Senhorita. Ele sabia o nome delas, claro, mas nunca os usava. O Senhor era Gerald Martin.

Seu próprio número de série era NDR... ele esquecera os números. Fazia muito tempo, sem dúvida, mas, se quisesse lembrá-los, não poderia esquecer. Ele não quis se lembrar.

A Pequena Senhorita fora a primeira a chamá-lo de Andrew porque não conseguia pronunciar as letras, e todos os outros a acompanharam.

Pequena Senhorita... Ela vivera noventa anos e fazia muito tempo que havia morrido. Ele tentara chamá-la de Senhora uma vez, mas ela não permitiu. Foi a Pequena Senhorita até o último dia.

Andrew fora concebido para realizar as tarefas de um criado, de um mordomo, de uma dama de companhia. Aqueles eram tempos de experiência para ele e, na realidade, para todos os robôs em qualquer lugar, menos nas fábricas e estações industriais e exploratórias fora da Terra.

A família Martin gostava dele, e metade do tempo Andrew era impedido de fazer seu trabalho porque a Senhorita e a Pequena Senhorita preferiam brincar com ele.

Foi a Senhorita quem entendeu primeiro como isso poderia ser arranjado.

– Ordenamos que você brinque com a gente, e você tem que cumprir ordens.

– Sinto muito, Senhorita, mas uma ordem prévia do Senhor com certeza tem prioridade – disse Andrew.

Mas ela respondeu:

– Papai só falou que esperava que você cuidasse da limpeza. Nem parece muito uma ordem. Eu *ordeno*.

O Senhor não se importava. O Senhor gostava da Senhorita e da Pequena Senhorita, até mais do que a Senhora, e Andrew gostava delas também. Pelo menos, o efeito que elas exerceram sobre os atos dele seriam considerados, sob a óptica de um ser humano, resultado da afeição. Andrew pensava naquilo como afeição, pois não conhecia nenhuma outra palavra que pudesse definir.

Fora para a Pequena Senhorita que Andrew esculpira um pingente de madeira. Ela ordenara que ele fizesse isso. A Senhorita, ao que parecia, ganhara um pingente de marfim com arabescos de aniversário e a Pequena Senhorita não ficou nada contente. Ela só tinha um pedaço de madeira, que deu para Andrew junto com uma pequena faca de cozinha.

Ele fez o trabalho rapidamente e a Pequena Senhorita disse:

— Ficou *bonito*, Andrew. Vou mostrar para o papai.

O Senhor não acreditou.

— De verdade, Mandy, onde você conseguiu isto? — Mandy era como ele chamava a Pequena Senhorita. Quando a Pequena Senhorita lhe garantiu que estava dizendo a verdade, ele se virou para Andrew. — Você fez isto, Andrew?

— Sim, Senhor.

— O design também?

— Sim, Senhor.

— De onde copiou o design?

– É uma representação geométrica, Senhor, que cabia no fragmento de madeira.

No dia seguinte, o Senhor lhe trouxe outro pedaço de madeira, de tamanho maior, e uma vibrofaca elétrica.

– Faça alguma coisa com isso, Andrew. Qualquer coisa que você quiser – falou o Senhor.

Andrew assim fez e o Senhor observou, em seguida ficou olhando para o resultado por um longo tempo. Depois disso, Andrew não servia mais a mesa. Em vez de realizar essa tarefa, recebeu ordens para ler livros sobre design de móveis e aprendeu a fazer armários e mesas.

– São produções incríveis, Andrew – comentou o Senhor.

– Eu gosto de fazê-las, Senhor – respondeu Andrew.

– Gosta?

– De algum modo, faz os circuitos do meu cérebro fluírem com mais facilidade. Ouvi o senhor usar a palavra "gostar" e a maneira como a usa combina com a forma como me sinto. Eu gosto de fazê-las, Senhor.

3.

Gerald Martin levou Andrew para o escritório regional da United States Robots and Mechanical Men, Inc. Como membro do Legislativo Regional, ele não teve dificuldade para conseguir um horário com o psicólogo roboticista chefe. Em primeiro lugar, na verdade, era apenas por ser membro do Legislativo Regional que ele se qualificava para ser dono de um robô naqueles primórdios, quando os robôs eram raros.

Andrew não entendeu nada daquilo na época, mas, nos anos seguintes, com maior aprendizado, ele pôde avaliar aquela cena e compreendê-la devidamente.

O psicólogo roboticista, Merton Mansky, ouviu tudo com o cenho cada vez mais franzido e conseguiu deter os dedos mais de uma vez antes que tamborilassem irrevogavelmente na mesa. Ele tinha uma feição abatida, a testa enrugada e talvez fosse mais jovem do que aparentava.

– A robótica não é uma arte exata, sr. Martin – declarou ele. – Não posso explicar em detalhe, mas a matemática que rege o traçado das vias positrônicas é complicada demais para permitir qualquer solução que não seja aproximada. Naturalmente, como construímos tudo em torno das Três Leis, elas são incontestáveis. Vamos substituir o seu robô, claro...

– De jeito nenhum – disse o Senhor. – Não se trata de falha da parte dele. Ele realiza perfeitamente as tarefas atribuídas. A questão é que também entalha a madeira de um jeito primoroso e nunca repete um padrão. Ele produz obras de arte.

Mansky pareceu confuso.

– Estranho. Claro, estamos experimentando vias generalizadas hoje em dia... o senhor acha mesmo que é criativo?

– Veja por si mesmo. – Ele estendeu uma pequena esfera de madeira na qual havia uma cena de parque infantil onde meninos e meninas eram quase pequenos demais para se distinguir; contudo, estavam em perfeita proporção e se fundiam de forma tão natural com o veio da madeira que até isso parecia ter sido esculpido.

– *Ele* fez isso? – perguntou Mansky, e devolveu o objeto com um aceno de cabeça. – Uma questão de sorte. Algo nas vias.

– É possível acontecer de novo?

– Provavelmente, não. Nunca notificaram nada parecido.

– Ótimo! Não me importa nem um pouco que Andrew seja o único.

– Suponho que a companhia gostaria de receber o seu robô de volta para estudo – comentou Mansky.

– Sem chance – respondeu o Senhor com uma súbita dureza. – Pode esquecer. – Ele se virou para Andrew: – Vamos para casa agora.

– Como quiser, Senhor – falou Andrew.

4.

A Senhorita estava saindo com rapazes e não ficava muito em casa. Era a Pequena Senhorita, não tão pequena quanto antes, que preenchia o horizonte de Andrew agora. A menina nunca se esquecia de que o primeiro pedaço de madeira esculpido que ele fizera fora para ela. Mantinha-o em uma corrente de prata ao redor do pescoço.

Foi ela quem primeiro se opôs ao hábito do Senhor de doar as produções dele.

– Vamos, pai, se alguém quiser uma das peças, que pague por ela. O trabalho vale o preço.

– Ser gananciosa não combina com você, Mandy – falou o Senhor.

– Não para a gente, papai. Para o artista.

Andrew nunca ouvira a palavra antes e, quando teve um momento sozinho, procurou-a no dicionário. Depois fizeram outro passeio, dessa vez ao advogado do Senhor.

– O que você acha disso, John? – o Senhor perguntou.

O advogado era John Feingold. Ele tinha cabelo grisalho e uma barriga proeminente; as bordas de suas lentes de contato exibiam um tom verde vivo. Olhou para a pequena placa que o Senhor lhe dera.

– É bonito... mas ouvi a novidade. Essa é uma escultura feita pelo seu robô. Esse que trouxe junto com você.

– Sim, é o Andrew que faz as esculturas. Não é, Andrew?

– Sim, Senhor – respondeu Andrew.

– Quanto você pagaria por ela, John? – indagou o Senhor.

– Não sei dizer. Não coleciono esse tipo de coisa.

– Você acreditaria que me ofereceram duzentos e cinquenta dólares por essa coisinha? Andrew fez cadeiras que foram vendidas por quinhentos dólares. Há duzentos mil dólares no banco fruto das produções do Andrew.

– Céus, ele está deixando você rico, Gerald.

– Meio rico – corrigiu o Senhor. – Metade está em uma conta no nome de Andrew Martin.

– O robô?

– Isso mesmo, e eu quero saber se é legal.

– Legal? – A cadeira de Feingold rangeu quando ele se recostou. – Não existem precedentes, Gerald. Como o seu robô assinou os documentos necessários?

– Ele sabe assinar o nome e eu colhi a assinatura dele. Eu não o levei ao banco. Existe mais alguma coisa que deva ser feita?

– Hm. – Os olhos de Feingold pareceram se abstrair por um momento. Então ele disse: – Bem, nós podemos criar um fundo para cuidar das finanças em nome dele, o que levantará uma barreira de isolamento entre ele e o mundo hostil. Além disso, meu conselho é que você não faça nada. Ninguém o impediu até agora. Se alguém objetar, deixe que *essa pessoa* mova uma ação.

– E você aceita o caso se alguém mover uma ação?

– Mediante um adiantamento, com certeza.

– De quanto?

– Algo assim – e Feingold apontou para a placa de madeira.

– É justo – concordou o Senhor. Feingold deu uma risadinha quando se virou para o robô.

– Você está contente por ter dinheiro, Andrew?

– Sim, senhor.

– O que planeja fazer com ele?

– Pagar por coisas que, de outro modo, o Senhor teria que pagar. Isso pouparia despesas para ele, senhor.

5.

As ocasiões para fazer despesas não tardaram a chegar. Os reparos eram caros, e as revisões, ainda mais. Com o passar dos anos, foram sendo produzidos novos modelos de robôs, e o Senhor cuidou para que Andrew tivesse a vantagem de cada dispositivo novo até ele se tornar um exemplar de excelência metálica. Tudo por conta de Andrew.

Andrew insistia que fosse assim.

Apenas suas vias positrônicas permaneciam intocadas. O Senhor insistia que fosse assim.

– Os novos não são tão bons como você, Andrew – dizia ele. – Os novos são inúteis. A companhia aprendeu a fabricar vias mais precisas, mais próximas do ponto exato, rigorosamente limitadas ao caminho estabelecido. Os novos robôs não mudam. Eles fazem o que foram projetados para fazer e nunca desviam disso. Gosto mais de você.

– Obrigado, Senhor.

– E é um feito seu, Andrew, não se esqueça. Tenho certeza de que Mansky pôs fim às vias generalizadas assim que deu uma boa olhada em você. Ele não gostou da imprevisibilidade... sabe quantas vezes ele requisitou você para poder estudá-lo? Nove vezes! Mas nunca deixei que ficasse com você. E, agora que ele está aposentado, podemos ter um pouco de paz.

Então o cabelo do Senhor ficou ralo e grisalho e o rosto se encheu de rugas, ao passo que Andrew parecia melhor do que quando se juntou à família.

A Senhora havia se unido a uma colônia de artistas em algum lugar da Europa e a Senhorita era poetisa em Nova York. Elas escreviam às vezes, mas não com muita frequência. A Pequena Senhorita estava casada e não morava muito longe. Ela dizia que não queria abandonar Andrew e, quando seu filho, o Pequeno Senhor, nasceu, deixou Andrew segurar a mamadeira e alimentá-lo.

Com o nascimento de um neto, Andrew sentiu que o Senhor tinha alguém para substituir aquelas que haviam partido. Não seria tão injusto ir até ele com um pedido.

– Senhor, é gentil da sua parte ter me deixado gastar o meu dinheiro como eu quisesse – falou Andrew.

– Era o seu dinheiro, Andrew.

– Só por um ato voluntário seu, Senhor. Não acredito que a lei o teria impedido de ficar com tudo.

– A lei não vai me convencer a fazer uma coisa errada, Andrew.

– Apesar de todos os gastos e apesar de todos os impostos também, Senhor, eu tenho quase seiscentos mil dólares.

– Sei disso, Andrew.

– Quero dar esse dinheiro para o Senhor.

– Não vou aceitar, Andrew.

– Em troca de algo que o Senhor pode me dar.

– Ah? O que é, Andrew?

– Minha liberdade, Senhor.

– A sua...

– Quero comprar a minha liberdade, Senhor.

6.

Não foi tão fácil. O Senhor enrubesceu, disse "pelo amor de Deus!", virou-se e saiu a passos largos.

Foi a Pequena Senhorita quem o persuadiu, em um tom desafiador e severo – e diante de Andrew. Durante trinta anos, ninguém hesitara em falar na frente de Andrew, quer o assunto o envolvesse, quer não. Ele era apenas um robô.

– Pai, por que está tomando isso como uma afronta pessoal? – perguntou ela. – Ele vai continuar aqui. Ainda vai ser leal. Ele não pode evitar. Está incorporado nele. A única coisa que ele quer é uma forma de expressão. Ele quer ser chamado de livre. É tão terrível assim? Ele não fez por merecer? Céus, ele e eu temos conversado sobre isso há anos.

– Ah, têm conversado sobre isso há anos, é?

– É, e várias vezes ele adiou esse pedido por medo de magoar o senhor. Eu o *forcei* a trazer o assunto até o senhor.

– Ele não sabe o que é liberdade. Ele é um robô.

– Pai, o senhor não o conhece. Ele leu tudo da biblioteca. Não sei o que ele sente por dentro, mas também não sei o que *o senhor* sente por dentro. Quando conversar com ele, verá que Andrew reage às várias abstrações da mesma maneira que o senhor e eu, e o que mais importa? Se alguém tem reações como as suas, o que mais você pode querer?

– A lei não vai adotar essa postura – contestou o Senhor com raiva. – Olhe aqui! – Ele se virou para Andrew com uma irritação proposital na voz. – Não posso libertar você a não ser que isso seja feito legalmente, e, se o caso for parar no tribunal, não só verá negada a sua liberdade como a lei vai tomar conhecimento oficial do seu dinheiro. Eles vão dizer para você que um robô não tem direito de ganhar dinheiro. Vale a pena perder o seu dinheiro por causa dessa lenga-lenga?

– A liberdade não tem preço, Senhor – respondeu Andrew. – Até mesmo a chance de ter liberdade vale o dinheiro.

7.

O tribunal também poderia adotar a postura de que a liberdade não tem preço e decidir que por valor nenhum, por maior que fosse, um robô poderia comprar sua liberdade.

O procurador regional, que representava aqueles que moviam uma ação coletiva contra a liberdade de Andrew, declarou simplesmente que a palavra "liberdade" não tinha significado quando aplicada a um robô. Somente um humano poderia ser livre.

Ele repetiu aquilo várias vezes, sempre que lhe pareceu apropriado; devagar, com a mão descendo de modo ritmado sobre a mesa à sua frente para frisar as palavras.

A Pequena Senhorita pediu permissão para falar em nome de Andrew. Ela foi identificada pelo nome completo, algo que Andrew jamais ouvira ser pronunciado antes:

– Amanda Laura Martin Charney, pode se aproximar da tribuna.

– Obrigada, meritíssimo – disse ela. – Não sou advogada e não conheço a forma apropriada de expressar as coisas, mas espero que leve em consideração o que quero dizer e ignore as palavras.

"Vamos entender o que significa ser livre no caso de Andrew. De certa maneira, ele é livre. Acho que faz pelo menos vinte anos que ninguém da família Martin dá a ele uma ordem para fazer algo que supostamente não faria por vontade própria.

"Mas podemos lhe dar uma ordem para fazer qualquer coisa se assim desejarmos, e expressá-la de modo tão áspero quanto quisermos, porque ele é uma máquina que pertence a nós. Mas por que deveríamos fazer isso quando ele nos serviu durante tanto tempo, com tanta lealdade, e ganhou tanto dinheiro para nós? Ele não nos deve mais nada. A dívida é toda nossa.

"Mesmo que estivéssemos legalmente proibidos de colocar Andrew em servidão involuntária, ele ainda nos serviria voluntariamente. Torná-lo livre seria apenas um jogo de palavras, mas significaria muito para ele. Isso daria tudo para ele e não nos custaria nada."

Por um momento, o juiz pareceu estar contendo um sorriso.

– Entendo seu ponto de vista, sra. Charney. O fato é que não existe nenhuma lei vinculante a esse respeito, tampouco precedentes. Existe, no entanto, o pressuposto tácito de que apenas um ser humano pode desfrutar de liberdade. Posso fazer uma lei nova aqui, sujeita a um revés em uma instância superior, mas não posso ir levianamente contra esse pressuposto. Deixe-me falar com o robô Andrew!

– Sim, meritíssimo.

Era a primeira vez que Andrew falava em um tribunal e, por um instante, o juiz pareceu surpreso com o timbre humano de sua voz.

– Por que quer ser livre, Andrew? – indagou ele. – Em que sentido isso importará para você?

– O senhor gostaria de ser escravo, meritíssimo? – respondeu Andrew.

– Mas você não é escravo. Você é um robô perfeitamente bom, um robô genial, segundo me deram a entender, com uma capacidade inigualável de se expressar artisticamente. O que mais poderia fazer se fosse livre?

– Talvez não mais do que faço agora, meritíssimo, mas com mais alegria. Foi dito aqui, neste tribunal, que só um ser humano pode ser livre. Parece-me que apenas aquele que deseja a liberdade pode ser livre. Eu desejo a liberdade.

E essa foi a deixa para o juiz.

– Não é direito negar liberdade a qualquer objeto com uma mente avançada o suficiente para entender o conceito e desejar essa condição.

A sentença foi posteriormente confirmada pela Corte Mundial.

8.

O Senhor continuou descontente, e sua voz áspera fez Andrew se sentir à beira de um curto-circuito.

– Não quero o seu maldito dinheiro, Andrew – disse o Senhor. – Só vou aceitar porque, caso contrário, você não vai se sentir livre. De agora em diante, pode escolher as próprias tarefas e fazê-las do jeito que quiser. Não vou lhe dar nenhuma ordem a não ser esta: faça como quiser. Mas ainda sou responsável por você; faz parte da decisão judicial. Espero que entenda isso.

– Não fique zangado, pai – interrompeu a Pequena Senhorita. – Essa responsabilidade não é lá grande coisa. Você sabe que não vai ter que fazer nada. As Três Leis continuam valendo.

– Então, em que sentido ele é livre?

– Os seres humanos não estão sujeitos às suas leis, Senhor?

– Não vou discutir – falou o Senhor. Ele se retirou, e Andrew o viu apenas poucas vezes depois disso.

A Pequena Senhorita visitava Andrew com frequência na casinha que fora construída e adaptada para ele. No lugar não havia cozinha, claro, nem instalações sanitárias. Tinha só dois cômodos: uma biblioteca e uma combinação de depósito e oficina. Andrew aceitou muitas encomendas e, como robô livre, trabalhou mais do que jamais trabalhara até que o custo da casa estivesse pago e a estrutura fosse legalmente transferida para o seu nome.

Certo dia, o Pequeno Senhor apareceu... não, George! O Pequeno Senhor insistira nisso após a decisão judicial.

– Um robô livre não chama ninguém de Pequeno Senhor – dissera George. – Eu chamo você de Andrew. Você tem que me chamar de George.

Aquilo foi expresso como uma ordem, então Andrew o chamava de George... mas a Pequena Senhorita continuou Pequena Senhorita.

O dia em que George veio sozinho foi para contar que o Senhor estava morrendo. A Pequena Senhorita estava ao lado dele na cama, mas o Senhor queria Andrew também.

A voz do Senhor estava bastante forte, embora ele parecesse incapaz de se mexer muito. O homem fez um esforço para erguer a mão.

– Andrew... – falou ele. – Andrew... não me ajude, George. Só estou morrendo, não sou aleijado. Andrew, estou feliz que seja livre. Queria apenas dizer isso.

Andrew não sabia o que falar. Nunca estivera ao lado de uma pessoa que estava morrendo, mas sabia que era a maneira humana de parar de funcionar. Era uma desmontagem involuntária e irreversível, e Andrew não fazia ideia do que seria apropriado dizer naquele momento. Conseguiu somente permanecer de pé, em absoluto silêncio, totalmente imóvel.

Quando tudo terminou, a Pequena Senhorita lhe disse:

— Ele pode ter parecido pouco amigável com você no final, Andrew, mas estava velho, sabe, e ficou magoado ao saber que você queria ser livre.

E então Andrew encontrou as palavras certas.

— Eu jamais teria sido livre sem ele, Pequena Senhorita.

9.

Foi só depois da morte do Senhor que Andrew passou a usar roupas. Começou com uma velha calça primeiro, uma peça que George lhe dera.

George agora estava casado e era advogado. Entrara para a firma de Feingold. O velho Feingold morrera havia muito tempo, mas sua filha continuara e, com o tempo, o nome do escritório passou a ser Feingold e Martin. Permaneceu assim mesmo quando a filha se aposentou e nenhum Feingold tomou seu lugar. Quando Andrew vestiu roupas pela primeira vez, o nome Martin acabara de ser acrescentado ao da firma.

George tentara não rir a primeira vez que Andrew pôs a calça, mas, aos olhos de Andrew, a risada claramente estava lá.

George mostrou a Andrew como manusear a carga estática de modo a permitir que a calça abrisse, envolvesse a parte de baixo do corpo e fechasse. George demonstrou com a própria calça, mas Andrew estava bastante ciente de que levaria algum tempo para reproduzir esse movimento com desenvoltura.

– Mas por que você quer usar calça, Andrew? – perguntou George. – Seu corpo é tão lindamente funcional que é uma pena cobri-lo, em especial quando não precisa se preocupar nem com controle de temperatura nem com pudor. E a roupa não cai bem, não em metal.

— O corpo humano não é lindamente funcional, George? No entanto, vocês se cobrem — retorquiu Andrew.

— Para nos aquecer, manter-nos limpos, protegidos, apresentáveis. Nada disso se aplica a você.

— Eu me sinto nu sem roupas. Sinto-me diferente — explicou Andrew.

— Diferente! Andrew, existem milhares de robôs na Terra agora. Nesta região, de acordo com o último censo, há quase tantos robôs quanto seres humanos.

— Eu sei, George. Existem robôs fazendo todo tipo de trabalho que se possa imaginar.

— E nenhum deles usa roupa.

– Mas nenhum deles é livre, George.

Pouco a pouco, Andrew ampliou o guarda-roupa. Sentia-se inibido pelo sorriso de George e pelos olhares das pessoas que encomendavam trabalhos.

Ele podia ser livre, mas havia nele um programa cuidadosamente detalhado referente ao seu comportamento em relação às pessoas, e era só a passos mínimos que se atrevia a avançar. Uma reprovação manifesta o faria regredir meses.

Nem todos aceitavam Andrew como livre. Ele era incapaz de guardar ressentimento disso; entretanto, havia uma dificuldade em seu processo de raciocínio quando pensava no assunto.

Tendia a evitar vestir roupas, ou muitas delas, sobretudo quando achava que a Pequena Senhorita poderia visitá-lo. Ela estava velha agora, e geralmente passava temporadas em climas mais quentes. Quando voltava, porém, a primeira coisa que fazia era visitá-lo.

Em um de seus retornos, George comentou em tom pesaroso:

— Ela me convenceu, Andrew. Vou me candidatar ao legislativo ano que vem. Tal avô, tal neto, ela falou.

— Tal avô... — Andrew parou, indeciso.

— Quero dizer que eu, George, o neto, serei como o Senhor, o avô, que fez parte do legislativo um dia.

Andrew retorquiu:

— Seria agradável, George, se o Senhor ainda estivesse... — Ele parou, pois não queria dizer "em funcionamento". Parecia inapropriado.

– Vivo – completou George. – É. Eu também penso no velho monstro de vez em quando.

Andrew ficou pensando nesse diálogo. Ele notara a própria inaptidão com as palavras quando conversava com George. De alguma forma, o modo de falar mudara desde que Andrew passara a existir com um vocabulário inato. Além disso, ao contrário do Senhor e da Pequena Senhorita, George usava uma linguagem coloquial. Por que ele chamaria o Senhor de monstro quando essa palavra, com certeza, não era apropriada?

Andrew tampouco podia recorrer a seus livros em busca de orientação.

Eram velhos e a maioria tratava de marcenaria, arte, design de móveis. Não havia nenhum sobre linguagem, nenhum sobre os costumes humanos.

Foi então que lhe ocorreu que deveria procurar os livros adequados e, como robô livre, achou que não devia pedir a George. Iria para a cidade e usaria a biblioteca. Era uma decisão triunfante, e ele sentiu seu eletropotencial aumentar tão nitidamente que se viu obrigado a lançar mão de uma bobina de impedância.

Vestiu um traje completo, incluindo uma corrente de ombro feita de madeira. Ele teria preferido uma de plástico brilhante, mas George dissera que a madeira era muito mais apropriada e que o cedro enverniza-do era consideravelmente mais va-lioso também.

Cerca de trinta metros o separa-vam de sua casa quando uma resis-tência crescente o fez parar. Ele re-moveu a bobina de impedância do circuito e, vendo que isso não seria suficiente, voltou para casa e escre-veu habilmente a frase "fui à biblio-teca" em um papel de recados, de-pois colocou-o bem à vista sobre a mesa de trabalho.

10.

Andrew nunca chegou à biblioteca. Ele estudara o mapa. Conhecia o caminho, mas não a sua configuração. Os pontos de referência reais não se assemelhavam aos símbolos no mapa, e ele hesitava. Por fim, achou que devia ter errado de algum modo, pois tudo parecia diferente.

Passou ocasionalmente por um robô do campo, mas, quando decidiu que deveria pedir informações, não havia nenhum à vista. Um veículo passou e não parou. Ele ficou ali, indeciso – o que significava calmamente imóvel –, e então, cruzando o gramado em sua direção, surgiram dois humanos.

Ele se virou para ficar de frente para eles, e eles alteraram o trajeto para vir ao encontro dele. Um momento antes, estavam falando alto, ele ouvira suas vozes, mas agora estavam em silêncio. Exibiam uma expressão que Andrew associava à indecisão humana e eram jovens, mas não tão jovens. Vinte anos, talvez? Andrew nunca conseguia estimar a idade humana.

– Poderiam me indicar o caminho até a biblioteca da cidade, senhores? – perguntou ele.

Um deles, o mais alto, cujo chapéu pontudo alongava-o ainda mais e de um modo quase grotesco, falou não para Andrew, mas para o outro:

– É um robô.

O outro tinha nariz redondo e pálpebras pesadas. Ele disse, não para Andrew, mas para o colega:

– Está usando roupas.

O alto estalou os dedos.

– É o robô livre. Existe um robô na família Martin que não pertence a ninguém. Por que outro motivo estaria usando roupas?

– Pergunte – falou o do nariz.

– Você é o robô Martin? – indagou o alto.

– Eu sou Andrew Martin, senhor – respondeu Andrew.

– Ótimo. Tire essas roupas. Robôs não usam roupa. – Depois comentou com o outro: – É repugnante. Olhe para ele.

Andrew hesitou. Ele não ouvia uma ordem nesse tom de voz havia tanto tempo que seus circuitos da Segunda Lei ficaram momentaneamente travados.

– Tire essas roupas. Eu ordeno – disse o alto.

Devagar, Andrew começou a tirá-las.

– Deixe-as no chão – mandou o alto.

– Se não pertence a ninguém, ele poderia ser nosso tanto quanto de qualquer outra pessoa – declarou o do nariz.

– Afinal – falou o alto –, quem vai se opor a qualquer coisa que fizermos? Não estamos danificando propriedade... Fique de ponta-cabeça. – Isso foi para Andrew.

– A cabeça não foi feita para... – começou Andrew.

– É uma ordem. Se não souber, tente do mesmo jeito.

Andrew hesitou mais uma vez, depois se inclinou para pôr a cabeça no chão. Tentou erguer as pernas e caiu pesadamente.

– Fique aí parado – mandou o alto. Para o outro, ele disse: – Podemos desmontá-lo. Já desmontou um robô?

– Ele vai permitir?

– Como pode nos impedir?

Andrew não tinha como impedi-los se eles lhe ordenassem de maneira enfática que não resistisse. A Segunda Lei, da obediência, prevalecia sobre a Terceira Lei, da autopreservação. De qualquer modo, ele não podia se defender sem possivelmente feri-los, e isso significaria infringir a Primeira Lei. Quando esse pensamento lhe passou pela cabeça, cada unidade móvel se contraiu de leve, e ele estremeceu enquanto estava ali parado.

O alto se aproximou dele e o empurrou com o pé.

– Ele é pesado. Acho que vamos precisar de ferramentas para fazer o trabalho.

– A gente poderia mandar que ele se desmontasse – sugeriu o do nariz. – Seria divertido ver o robô tentar.

– É – concordou o alto, pensativo –, mas vamos tirá-lo da rua. Se alguém aparecer...

Era tarde demais. Alguém de fato aparecera e era George. De onde estava,

Andrew o vira despontar no alto de uma pequena elevação a meia distância. Ele teria gostado de fazer um sinal de alguma forma, mas a última ordem fora "fique aí parado!".

George estava correndo agora e chegou um tanto ofegante. Os dois jovens se afastaram um pouco e então esperaram, pensativos.

– Andrew, aconteceu algo de errado? – perguntou George, ansioso.

– Estou bem, George – respondeu Andrew.

– Então, levante-se... O que aconteceu com as suas roupas?

– Esse robô é seu, parceiro? – indagou o rapaz alto.

George virou-se bruscamente.

– Ele não é o robô de ninguém. O que está acontecendo aqui?

– Pedimos educadamente para ele tirar a roupa. O que você tem a ver com isso, se não é dono dele?

– O que eles estavam fazendo, Andrew? – perguntou George.

– A intenção deles era me desmembrar de alguma forma – contou Andrew. – Estavam prestes a me levar para um lugar tranquilo e dar ordens para que eu me desmembrasse.

George olhou para os dois e seu queixo tremeu. Os rapazes não recuaram nem um passo. Estavam sorrindo.

– O que vai fazer, gorducho? Vai atacar a gente? – indagou o alto em tom despreocupado.

– Não, não preciso – respondeu George. – Este robô está com a minha família há mais de setenta anos. Ele nos conhece e nos estima mais do que a qualquer outra pessoa. Vou dizer a ele que vocês dois estão ameaçando a minha vida e que planejam me matar. Vou pedir para ele me defender. Entre mim e vocês, ele vai me escolher. Sabem o que vai acontecer com vocês quando ele os atacar?

Os dois começaram a se afastar ligeiramente, parecendo desconfortáveis.

– Andrew, estou em perigo e esses dois jovens estão prestes a me ferir. Vá até eles! – ordenou George bruscamente.

Andrew seguiu as ordens e os dois rapazes não esperaram. Saíram correndo.

– Tudo bem, Andrew, relaxe – falou George. Ele parecia aflito. Passara muito da idade de arranjar briga com um jovem, que dirá com dois.

– Eu não teria como machucá-los, George. Podia ver que eles não estavam atacando você – comentou Andrew.

– Eu não dei ordens para você atacá-los; só disse para ir até eles. O medo que sentiram fez o resto.

– Como podem sentir medo de robôs?

– É uma doença da humanidade, uma que ainda não foi curada. Mas esqueça isso. O que diabos você está fazendo aqui, Andrew? Eu estava a ponto de voltar e contratar um helicóptero quando o encontrei. Que ideia foi essa de ir à biblioteca? Eu teria levado qualquer livro que você precisasse.

– Eu sou um... – começou Andrew.

– Robô livre. É, é. Tudo bem, o que você queria na biblioteca?

– Quero saber mais sobre os seres humanos, sobre o mundo, sobre tudo. E sobre robôs, George. Quero escrever uma história dos robôs.

– Bem, vamos andando para casa... – propôs George. – E pegue as suas roupas primeiro. Andrew, existe um milhão de livros sobre robótica e todos incluem história da ciência. O mundo está ficando saturado não só de robôs, mas de informações sobre robôs.

Andrew chacoalhou a cabeça, um gesto humano que havia adquirido ultimamente.

– Não uma história da robótica, George. Uma história dos *robôs*, escrita por um robô. Quero explicar como os robôs se sentem sobre o que aconteceu desde que permitiram que os primeiros de nós vivessem e trabalhassem na Terra.

George ergueu as sobrancelhas, mas não deu nenhuma resposta direta.

11.

A Pequena Senhorita acabara de fazer oitenta e três anos, mas não havia nada nela em que faltasse energia ou determinação. Fazia uso da bengala mais para gesticular do que para se apoiar.

Ela ouviu a história com um furor de indignação.

– George, isso é horrível – disse ela. – Quem eram esses jovens baderneiros?

– Não sei. Que diferença faz? Afinal, não causaram nenhum dano.

– Poderiam ter causado. Você é advogado, George, e, se está bem de vida, isso se deve inteiramente ao talento de Andrew. O dinheiro que *ele* ganhou é a base de tudo o que temos. Ele ajuda a todos desta família e *não* vou aceitar que seja tratado como brinquedo de corda.

– O que queria que eu fizesse, mãe? – indagou George.

– Eu falei que você é advogado. Não está escutando? Dê um jeito de abrir um caso sem precedentes, force os tribunais regionais a declararem os direitos dos robôs e faça o Legislativo aprovar os projetos de lei necessários, depois leve a coisa toda para a Corte Mundial, se for preciso. Vou estar de olho, George, e não vou tolerar que se esquive do trabalho.

Ela estava falando sério, e o que começou como modo de acalmar a velha senhora destemida virou uma questão complicada, com um emaranhado legal suficiente para torná-la interessante. Como associado sênior da Feingold e Martin, George criava as estratégias, mas deixava o verdadeiro trabalho para os associados juniores, atribuindo boa parte dele a seu filho, Paul, que também era membro da firma e zelosamente fazia relatórios quase diários para a avó. Ela, por sua vez, discutia o assunto com Andrew todos os dias.

Andrew estava profundamente envolvido. Seu trabalho com o livro sobre os robôs fora novamente adiado enquanto ele se debruçava sobre argumentos legais e, às vezes, fazia até sugestões muito acanhadas.

– Naquele dia, George me disse que os seres humanos sempre tiveram medo dos robôs – comentou Andrew. – Enquanto tiverem medo, os tribunais e os legislativos provavelmente não vão se empenhar em prol dos robôs. Não se deveria fazer alguma coisa quanto à opinião pública?

Então, enquanto Paul permanecia no tribunal, George se dedicava à esfera pública, que dava a ele a vantagem de ser informal e, de vez em quando, permitia até que usasse o novo estilo solto de roupas a que chamava de drapeado.

– Só não tropece no palanque, pai – alertou Paul.

– Vou tentar – respondeu George em um tom desanimado.

Certa ocasião, ele falou na convenção anual de editores de holonotícias e, em parte, disse o seguinte:

– Se, em virtude da Segunda Lei, podemos exigir de qualquer robô obediência ilimitada em todos os aspectos que não envolvam dano ao ser humano, então qualquer ser humano, *qualquer* ser humano tem um poder temível sobre qualquer robô, *qualquer* robô. Em particular, já que a Segunda Lei suplanta a Terceira Lei, *qualquer* ser humano pode usar a lei da obediência para contornar a lei de autoproteção. Ele pode ordenar a qualquer robô que se danifique ou até mesmo se destrua por qualquer motivo, ou por motivo nenhum.

"Isso é justo? Nós trataríamos um animal assim? Mesmo um objeto inanimado que foi de boa serventia tem direito à nossa consideração.

E um robô não é insensível, não é um animal. Ele pode pensar bem o suficiente para falar conosco, argumentar conosco, fazer piadinhas conosco. Será que podemos tratá-los como amigos, trabalhar com eles e não lhes dar parte dos frutos dessa amizade, parte dos benefícios desse trabalho compartilhado?

"Se um homem tem o direito de dar a um robô qualquer ordem que não envolva ferir um ser humano, ele deveria ter a decência de nunca lhe dar uma ordem que envolva prejudicar um robô, a menos que a segurança do ser humano exija isso de modo irrefutável. Com grandes poderes vêm grandes responsabilidades, e, se os robôs têm Três Leis para proteger os homens, seria demais pedir que os homens tenham uma ou duas leis para proteger os robôs?"

Andrew estava certo. A batalha pela opinião pública era a chave para atingir os tribunais e o Legislativo e, no final, foi aprovada uma lei que instituiu condições sob as quais eram proibidas as ordens para danificar um robô. Tinha inúmeras condicionantes e as punições para o descumprimento da lei eram totalmente inadequadas, mas o princípio foi estabelecido. A última sanção pelo Legislativo Mundial se deu no dia da morte da Pequena Senhorita.

Não foi coincidência. A Pequena Senhorita se agarrou à vida desesperadamente durante o último debate e só se deixou partir quando chegou a notícia da vitória. Seu último sorriso foi para Andrew. Suas últimas palavras foram:

– Você foi bom para nós, Andrew.

Ela morreu segurando a mão dele, enquanto o filho, a nora e os netos permaneciam a uma distância respeitosa dos dois.

12.

Andrew esperou pacientemente enquanto o recepcionista robótico desaparecia no interior do escritório. O autômato poderia ter usado o comunicador holográfico, mas perdeu inegavelmente a hombridade (ou talvez a roboticidade) por ter de tratar com outro robô em vez de lidar com um ser humano.

Andrew passou o tempo refletindo sobre a questão. Será que a palavra "roboticidade" podia ser usada de modo análogo a "hombridade" ou será que "hombridade" tinha se tornado um termo metafórico suficientemente desligado do significado literal original para ser aplicado a robôs, ou mesmo a mulheres?

Esses problemas surgiam com frequência quando ele trabalhava em seu livro sobre robôs. O artifício de pensar em frases para expressar todas as complexidades sem dúvida aumentara o seu vocabulário.

De vez em quando alguém aparecia na sala para encará-lo, e ele não tentava evitar o olhar. Fitava os curiosos calmamente e cada um deles, por sua vez, desviava os olhos.

Paul Martin, enfim, apareceu. Parecia surpreso, ou teria parecido se Andrew tivesse conseguido decifrar sua expressão de maneira precisa. Paul começara a usar a maquiagem pesada que a moda ditava para ambos os sexos e, embora lhe tornassem mais nítidas e firmes as linhas um tanto suaves do rosto, Andrew desaprovava aquilo. Ele descobriu que desaprovar os seres humanos, desde que não o fizesse verbalmente, não o deixava muito desconfortável. Podia até expressar a desaprovação por escrito. Tinha certeza de que nem sempre fora assim.

– Entre, Andrew – convidou Paul. – Sinto muito por ter feito você esperar, mas eu *precisava* terminar uma coisa. Entre. Você disse que queria falar comigo, mas eu não sabia que era aqui na cidade.

– Se estiver ocupado, Paul, posso continuar esperando.

Paul olhou para as sombras cambiantes que se movimentavam no mostrador da parede, e que serviam de relógio, e respondeu:

– Posso arranjar algum tempo. Você veio sozinho?

– Contratei um automóvel.

– Algum problema? – perguntou Paul, revelando certa ansiedade.

– Eu não esperava ter nenhum. Meus direitos estão protegidos.

Paul pareceu ainda mais ansioso depois dessa resposta.

– Andrew, eu expliquei que a lei é inaplicável, pelo menos na maioria das situações... e, se você insistir em usar roupas, vai acabar tendo problemas, como naquela primeira vez.

– E única vez, Paul. Lamento que não seja do seu agrado.

– Bem, veja as coisas por este lado: você é quase uma lenda viva, Andrew, e é valioso demais, sob muitos aspectos, para se dar o direito de correr riscos... Como vai o livro?

– Estou terminando, Paul. O editor está bastante satisfeito.

– Ótimo!

– Não sei se ele está necessariamente satisfeito com o livro propriamente dito. Acho que ele espera vender muitos exemplares porque foi escrito por um robô e é isso que o satisfaz.

– Receio que seja algo tipicamente humano.

– Não estou descontente. Que se venda por qualquer motivo, já que significará dinheiro e eu poderei usar parte dele.

– A minha avó deixou...

– A Pequena Senhorita foi generosa e tenho certeza de que posso contar com a família para me ajudar ainda mais. Mas é com os direitos autorais do livro que estou contando para me auxiliar no próximo passo.

– Que próximo passo é esse?

– Gostaria de falar com o chefe da U.S. Robots and Mechanical Men, Inc. Tentei marcar um horário com ele, mas até agora não consegui encontrá-lo. A empresa não cooperou comigo na escrita do livro, então não estou surpreso, você entende.

Claramente, Paul estava achando aquilo engraçado.

– Cooperação é a última coisa que você pode esperar. Eles não cooperaram com a gente na grande luta pelos direitos dos robôs. Muito pelo contrário, e você deve entender o porquê. Se der direitos aos robôs, as pessoas podem não querer mais comprá-los.

– Mesmo assim – disse Andrew –, se você ligasse para eles, poderia conseguir um horário para mim.

– Não sou mais bem-visto por eles do que você, Andrew.

– Mas, talvez, você pudesse sugerir que, me recebendo, eles evitariam uma possível campanha da Feignold e Martin para fortalecer ainda mais os direitos dos robôs.

– Isso não seria mentira, Andrew?

– Seria, Paul, e não posso mentir. É por isso que você tem que ligar.

– Ah, você não pode mentir, mas pode me incentivar a contar uma mentira, é isso? Você está ficando cada vez mais humano, Andrew.

13.

Não foi fácil marcar essa conversa, mesmo com o nome supostamente influente de Paul.

Mas, enfim, aconteceu e, quando o dia chegou, Harley Smythe-Robertson – que, por parte de mãe, descendia do fundador original da corporação e adotara o hífen para indicar isso – parecia extremamente descontente. Ele estava se aproximando da idade de se aposentar e toda a sua gestão como presidente fora dedicada à questão dos direitos dos robôs. Seu cabelo ralo e grisalho estava empastado no alto da cabeça, o rosto não fora maquiado e, de tempos em tempos, ele olhava para Andrew com uma hostilidade concisa.

— Senhor, quase cem anos atrás, um tal Merton Manksy, desta corporação, disse-me que a matemática que regia o traçado das vias positrônicas era complicada demais para permitir qualquer solução que não fosse aproximada e que, portanto, minhas próprias capacidades não eram completamente previsíveis — falou Andrew.

— Isso foi cem anos atrás. — Smythe-Robertson hesitou, depois acrescentou com frieza: — *Senhor*. As coisas não são mais assim. Agora, nossos robôs são feitos com exatidão e são precisamente treinados para as suas tarefas.

Paul, que acompanhara Andrew para, em suas palavras, garantir que a corporação jogasse limpo, concordou:

– Sim, e como resultado o meu recepcionista precisa ser instruído em cada ponto quando os acontecimentos saem do habitual, por menor que seja o desvio.

– O senhor ficaria muito mais insatisfeito se ele improvisasse – retorquiu Smythe-Robertson.

– Então vocês não fabricam mais robôs como eu, flexíveis e adaptáveis – disse Andrew.

– Não mais.

– A pesquisa que fiz para escrever meu livro indica que sou o robô mais antigo em funcionamento atualmente – comentou Andrew.

– O mais antigo atualmente – falou Smythe-Robertson – e o mais antigo que já existiu. O mais antigo que jamais existirá novamente. Nenhum robô é útil depois de vinte e cinco anos. Eles são recolhidos e substituídos por modelos mais novos.

– Nenhum robô fabricado *como se fabrica atualmente* é útil depois de vinte e cinco anos – comentou Paul em tom ameno. – Andrew é excepcional nesse sentido.

– Como robô mais antigo do mundo, além de o mais flexível, não sou suficientemente incomum para merecer tratamento especial por parte da companhia? – questionou Andrew, fiel à linha que traçara para si mesmo.

– De modo algum – respondeu Smythe-Robertson em tom gélido. – Sua singularidade é um constrangimento para a companhia. Se você tivesse sido alugado em vez de vendido em definitivo, infelizmente, já teria sido substituído há muito tempo.

– Mas é exatamente essa a questão – pontuou Andrew. – Sou um robô livre e pertenço a mim mesmo. Portanto, venho até aqui e peço para me substituir. O senhor não pode fazer isso sem o consentimento do dono. Hoje em dia, esse consentimento é imposto como condição obrigatória da locação, mas não era assim na minha época.

Symthe-Robertson parecia perplexo e intrigado e, por um instante, houve silêncio. Andrew se viu fitando o holograma na parede. Era uma máscara mortuária de Susan Calvin, padroeira de todos os roboticistas. Fazia quase duzentos anos que havia morrido, mas, por causa da escrita do livro, Andrew a conhecia tão bem que podia meio que se convencer de que a conhecera em vida.

– Como posso substituir você por você? – perguntou Smythe-Robertson. – Se eu fizer isso, sendo você um robô, como posso lhe doar o novo robô na condição de dono, já que no próprio ato da substituição você deixa de existir? – Ele deu um sorriso forçado.

– Não é nem um pouco difícil – interpôs Paul. – O centro da personalidade de Andrew é seu cérebro positrônico, a única parte que não pode ser substituída sem que se crie um novo robô. Portanto, o cérebro positrônico é Andrew, o dono. Todas as outras partes do corpo robótico podem ser substituídas sem afetar a personalidade do robô, e essas outras partes pertencem ao cérebro. Devo dizer que Andrew quer dar ao cérebro um novo corpo robótico.

– Isso mesmo – confirmou Andrew em tom calmo. Ele se virou para Smythe-Robertson. – Vocês fabricaram androides, não fabricaram? Robôs com aparência completamente humana, até a textura da pele?

– É, fabricamos – respondeu Smythe-Robertson. – Eles funcionavam perfeitamente bem com sua pele e seus tendões de fibra sintética. Não tinham quase nenhum metal, exceto no cérebro, mas eram quase tão resistentes quanto os robôs de metal. Mais resistentes até, em comparação.

Paul pareceu interessado.

– Eu não sabia disso. Quantos há no mercado?

– Nenhum – falou Smythe-Robertson. – Eles são muito mais caros do que os modelos de metal e uma pesquisa de mercado mostrou que não seriam aceitos. Pareciam humanos demais.

– Mas a corporação preserva esse conhecimento, suponho. Sendo assim, gostaria de ser substituído por um robô orgânico, um androide – falou Andrew.

Paul pareceu surpreso.

– Minha nossa – comentou ele.

Smythe-Robertson ficou tenso.

– Impossível!

– Por que impossível? – perguntou Andrew. – Pagarei qualquer taxa razoável, claro.

– Não fabricamos androides – respondeu Smythe-Robertson.

– Vocês *escolhem* não fabricar androides – interpôs Paul, rapidamente. – Não é o mesmo que não ter condição de fabricá-los.

– No entanto, a fabricação de androides vai de encontro à política pública – disse Smythe-Robertson.

– Não existe nenhuma lei contra a fabricação – contestou Paul.

– No entanto, não fabricamos nem vamos fabricar androides.

Paul pigarreou.

– Senhor Smythe-Robertson – começou Paul –, Andrew é um robô livre que está sob a tutela da lei que garante os direitos dos robôs. O senhor está ciente disso, suponho.

– Até demais.

– Esse robô, um robô livre, escolhe usar roupas. Em razão disso, é frequentemente humilhado por seres humanos inconsequentes, apesar da lei contra a humilhação de robôs. É difícil processar por ofensas vagas que não contam com a reprovação geral daqueles que devem decidir quanto à culpa ou inocência.

– A U.S. Robots entendeu isso desde o início. A firma do seu pai, infelizmente, não.

– Meu pai está morto agora – falou Paul –, mas o que vejo aqui é uma ofensa clara com um alvo claro.

– Do que está falando? – indagou Smythe-Robertson.

– Meu cliente, Andrew Martin... Ele acabou de se tornar meu cliente... É um robô livre que tem o direito de pedir a substituição à U.S. Robots and Mechanical Men, Inc., algo que a corporação disponibiliza para qualquer indivíduo que possua um robô há mais de vinte e cinco anos. Na verdade, a corporação insiste nessa substituição.

Paul sorria e estava completamente à vontade.

– O cérebro positrônico do meu cliente é o dono do corpo do meu cliente, que por certo tem mais de vinte e cinco anos – continuou ele. – O cérebro positrônico solicita a substituição do corpo e se oferece para pagar qualquer taxa razoável por um corpo androide nessa substituição. Se recusar a solicitação, meu cliente vai ser humilhado e nós vamos mover um processo.

"Embora a opinião pública, em regra, não apoie a reivindicação de um robô em um caso desses, devo lembrá-lo de que a U.S. Robots não é popular com o público em geral. Mesmo as pessoas que mais usam os robôs e se beneficiam deles desconfiam da corporação. Isso pode ser um resquício dos dias em que os robôs eram amplamente temidos. Pode ser ressentimento contra o poder e a riqueza da U.S. Robots, que tem um monopólio mundial. Qualquer que seja a causa, o rancor existe e acho que o senhor vai descobrir que preferiria não enfrentar uma ação judicial, em especial considerando que meu cliente é rico, viverá por muitos séculos ainda e não terá nenhum motivo para deixar de lutar essa batalha para sempre."

Smythe-Robertson enrubesceu aos poucos.

– O senhor está tentando me forçar a...

– Não estou tentando forçar o senhor a nada – interrompeu Paul. – Se quiser se recusar a concordar com o pedido razoável do meu cliente, pode fazer isso por todos os meios e nós vamos embora sem dizer mais uma palavra... mas vamos processá-

-lo, como certamente é nosso direito, e o senhor vai descobrir que perderá no final.

– Bem... – Smythe-Robertson disse, depois parou.

– Vejo que o senhor vai concordar – falou Paul. – O senhor pode hesitar, mas vai concordar no fim das contas. Então, deixe-me fazer mais uma observação. Se, no processo de transferência do cérebro positrônico do meu cliente, do corpo atual para o corpo orgânico, acontecer qualquer dano, por menor que seja, não vou descansar até acabar com a corporação. Se necessário, vou tomar todas as medidas possíveis para mobilizar a opinião pública contra a empresa caso uma única via cerebral da essência de platina-irídio do meu cliente seja afetada. – Ele se virou para Andrew e perguntou: – Você concorda com tudo isso, Andrew?

Andrew hesitou por um minuto. Correspondia a aprovar a mentira, a chantagem, a importunação e a humilhação de um ser humano. Mas não dano físico, ele disse a si mesmo, não dano físico.

Por fim, conseguiu pronunciar um "sim" quase imperceptível.

14.

Foi como ser construído de novo. Durante dias, depois semanas e, finalmente, meses, Andrew se sentiu, de algum modo, como se não fosse ele mesmo, e as ações mais simples tornaram-se motivo de hesitação.

Paul ficou desesperado.

– Eles danificaram você, Andrew. Vamos ter que entrar com um processo.

– Você não deve. Nunca vai ser capaz de provar... coisa alguma... m-m-m-m... – falou Andrew bem devagar.

– Mal-intencionada?

– Mal-intencionada. Além do mais, estou melhor, mais forte. É o tr-tr-tr...

– O tremor?

– O trauma. Afinal, nunca houve uma op-op-op dessas antes.

Andrew podia sentir o cérebro por dentro. Ninguém mais podia. Ele sabia que estava bem e, durante os meses que levou para aprender plenamente a coordenação e a interação positrônica, passou horas diante do espelho.

Não parecia exatamente humano! O rosto estava rígido demais, e os movimentos eram excessivamente deliberados. Faltava-lhes o fluxo livre e desatento do ser humano, mas talvez isso viesse com o tempo. Pelo menos, ele podia vestir roupas sem a ridícula anomalia do rosto de metal.

– Vou voltar ao trabalho – declarou ele, enfim.

Paul deu risada e falou:

– Significa que você está bem. O que vai fazer? Outro livro?

– Não – respondeu Andrew, sério. – Vivo por tempo demais para me prender indefinidamente a uma única carreira. Houve uma época em que fui sobretudo artista, e ainda posso voltar a fazer isso. E houve uma época em que fui historiador, e ainda posso voltar a fazer isso. Mas, agora, quero ser biólogo roboticista.

– Psicólogo roboticista, você quer dizer.

– Não. Isso implicaria o estudo dos cérebros positrônicos e, no momento, não tenho vontade de fazer algo assim. Um biólogo roboticista, ao que me parece, estaria preocupado com o funcionamento do corpo ligado a esse cérebro.

– Não seria o trabalho de um roboticista?

– Um roboticista trabalha com um corpo de metal. Eu estudaria um corpo humanoide orgânico, e sou dono do único exemplar, até onde sei.

– Você está restringindo o seu campo de atuação – comentou Paul, pensativo. – Como artista, toda a concepção era sua; como historiador, você tratava principalmente de robôs; como biólogo roboticista, você lidará consigo mesmo.

Andrew anuiu.

– É o que parece.

Andrew teve de começar bem do começo, pois não sabia nada sobre biologia comum e quase nada de ciências. Ele se tornou uma presença frequente nas bibliotecas, onde ficava nos índices eletrônicos durante horas a fio, parecendo perfeitamente normal de roupa. Os poucos que sabiam que ele era um robô não o importunavam de forma nenhuma.

Ele construiu um laboratório em um cômodo que acrescentou à sua casa, e sua biblioteca cresceu também.

Os anos se passaram e, certo dia, ao visitá-lo, Paul falou:

– É uma pena que você não esteja mais trabalhando com a história dos robôs. Fiquei sabendo que a U.S. Robots está adotando uma política radicalmente nova.

Paul envelhecera e seus olhos fatigados haviam sido substituídos por células fotóticas. Sob esse aspecto, ele se aproximara de Andrew.

– O que eles fizeram? – perguntou Andrew.

– Estão fabricando computadores centrais, cérebros positrônicos gigantescos, na verdade, que se comunicam com algo entre doze e mil robôs através de micro-ondas. Os robôs em si não têm cérebro. São extensões do cérebro gigante, mas não há contato físico entre eles.

– Isso é mais eficiente?

– A U.S. Robots afirma que sim. De qualquer modo, Smythe-Robertson estabeleceu a nova orientação antes de morrer e, na minha percepção, é uma retaliação a você. A U.S. Robots está determinada a não fazer nenhum robô que cause o tipo de problema que você causou à empresa e, por esse motivo, separam cérebro e corpo. O cérebro não vai ter um corpo para querer substituir; o corpo não vai ter cérebro para querer coisa alguma.

– É incrível, Andrew – continuou Paul –, a influência que você teve na história dos robôs. Foi o seu talento artístico que incentivou a U.S. Robots a fazer robôs mais precisos e especializados; foi a sua liberdade que resultou na instituição do princípio dos direitos robóticos; foi a sua insistência para ter um corpo androide que fez a U.S. Robots separar cérebro e corpo.

– Imagino que, no final, a corporação vá produzir um cérebro amplo que controle vários bilhões de corpos robóticos – disse Andrew. – Todos os ovos em uma única cesta. Perigoso. Nem um pouco apropriado.

– Acho que você está certo – concordou Paul –, mas desconfio de que isso não vá acontecer antes de, no mínimo, cem anos, e não viverei para tanto. Na verdade, pode ser que eu não esteja vivo no ano que vem.

– Paul! – exclamou Andrew, preocupado.

Paul deu de ombros.

– Somos mortais, Andrew. Não somos como você. Não tem muita importância, mas é indispensável ressaltar um ponto: sou o último dos Martin humanos. Existem des-

cendentes colaterais da minha tia-
-avó, mas eles não contam. O dinheiro que eu controlo pessoalmente vai
ser deixado para o fundo no seu
nome e, até onde se possa prever o
futuro, você estará economicamente
seguro.

— Desnecessário — disse Andrew
com dificuldade. Em todo esse tempo, não conseguira se acostumar à
morte dos Martin.

— Não vamos discutir — falou Paul.
— É assim que vai ser. Em que você
está trabalhando?

— Estou projetando um sistema
que permita aos androides, inclusive eu, obter energia a partir da combustão de hidrocarbonos, em vez de
células atômicas.

Paul ergueu as sobrancelhas.

– Para respirarem e comerem?

– É.

– Há quanto tempo você vem trabalhando nisso?

– Há muito tempo agora, mas acho que projetei uma câmara de combustão adequada para a quebra catalisada controlada.

– Mas por quê, Andrew? A célula atômica com certeza é infinitamente melhor.

– Em alguns aspectos, talvez, mas a célula atômica não é humana.

15.

Levou tempo, mas Andrew tinha tempo. Em primeiro lugar, ele não queria fazer nada até que Paul morresse em paz.

Com a morte do bisneto do Senhor, Andrew se sentiu mais exposto a um mundo hostil e, por essa razão, estava ainda mais determinado a seguir o caminho que escolhera muito tempo atrás.

Contudo, ele não estava de fato sozinho. Se um homem morrera, a Feingold e Martin continuava viva, pois, assim como um robô, uma corporação não morre. A firma tinha suas orientações e as seguia friamente. Por meio do fundo e do escritório de advocacia, Andrew continuava rico. E, em troca dos honorários anuais generosos que recebia, a Feingold e Martin se envolveu nos aspectos legais da nova câmara de combustão.

Quando chegou o momento de Andrew visitar a U.S. Robots and Mechanical Men, Inc., ele foi sozinho. Havia ido uma vez com o Senhor e outra com Paul. Agora, na terceira, estava sozinho e tinha aparência humana.

A U.S. Robots mudara. A unidade de produção fora transferida para uma grande estação espacial, como ocorrera com um número cada vez maior de indústrias. Com elas haviam partido muitos robôs. A Terra em si assemelhava-se cada vez mais a um parque, com sua população de um bilhão de pessoas estabilizada e talvez não mais do que trinta por cento de sua população de robôs, tão grande quanto a humana, com cérebros independentes.

O diretor de pesquisa era Alvin Magdescu; ele tinha pele negra e cabelo escuro, uma barba pequena e pontuda, e não usava nada acima da cintura a não ser a faixa sobre o torso, em voga naquele momento. Andrew estava bem coberto, segundo a moda de várias décadas atrás.

– Eu conheço você, claro, e estou feliz de vê-lo – disse Magdescu. – É o nosso produto mais famoso e acho uma pena que o velho Smythe-Robertson fosse tão hostil com você. Poderíamos ter feito muita coisa com você.

– Vocês ainda podem – falou Andrew.

– Não, acho que não. Passou do tempo. Tivemos robôs na Terra durante cem anos, mas isso está mudando. Vamos levá-los de volta para o espaço, e os que ficarem aqui não terão cérebro.

– Mas restarei eu, e vou ficar na Terra.

– Verdade, mas parece não ter sobrado muito de um robô em você. Que novo pedido tem a fazer?

– Ser menos robô ainda. Já que sou tão orgânico, quero uma fonte de energia orgânica. Tenho aqui os planos...

Magdescu não teve pressa para olhá-los. Ele poderia ter tido a intenção de fazê-lo, mas se aprumou e os analisou detidamente. A certa altura, comentou:

– É surpreendentemente engenhoso. Quem pensou em tudo isto?

– Eu – respondeu Andrew.

Magdescu lançou-lhe um olhar penetrante, depois disse:

– Equivaleria a uma grande reformulação do seu corpo, e uma reformulação experimental, já que nunca tentaram antes. Aconselho a não fazer. Continue como está.

O rosto de Andrew tinha um repertório de expressões limitado, mas a impaciência se revelou nitidamente em sua voz.

– Dr. Magdescu, o senhor não entendeu nada. O senhor não tem escolha a não ser atender ao meu pedido. Se esses dispositivos podem ser integrados ao meu corpo, podem ser integrados ao corpo humano também. Já se observou a tendência de prolongar a vida humana por meio de dispositivos protéticos. Não existem dispositivos melhores do que os que projetei e estou projetando.

"Por acaso, eu controlo as patentes por meio da firma Feingold e Martin. Temos condições de abrir um negócio por conta própria e de desenvolver o tipo de dispositivo protético que pode acabar produzindo seres humanos dotados de muitas características robóticas. Então, o seu próprio negócio vai sofrer.

"Porém, se vocês me operarem agora e concordarem em fazer isso em circunstâncias semelhantes no futuro, receberão permissão para fazer uso das patentes e controlar tanto a tecnologia dos robôs quanto a da prótese de seres humanos. A permissão inicial não será concedida, claro, até que a primeira operação seja finalizada com êxito e que tenha se passado tempo suficiente para demonstrar que o procedimento foi realmente bem-sucedido."

Andrew quase não sentiu nenhuma inibição da Primeira Lei quanto às condições inflexíveis que estava impondo a um ser humano. Começava a chegar à conclusão de que o que soava como crueldade poderia, no final das contas, ser gentileza.

Magdescu parecia aturdido.

– Não sou eu quem decide uma coisa dessas – falou ele. – É uma decisão corporativa que leva tempo.

– Eu posso esperar por um tempo razoável – retorquiu Andrew –, *mas* só um tempo razoável. – E pensou, com satisfação, que o próprio Paul não teria feito melhor.

16.

Levou apenas um tempo razoável e a operação foi um sucesso.

– Eu era totalmente contra a operação, Andrew, mas não pelos motivos que você possa imaginar. Eu não era nem um pouco contra o experimento, se tivesse sido em outro. Detestei arriscar o *seu* cérebro positrônico. Agora que suas vias positrônicas estão interagindo com as vias neurais simuladas, seria difícil recuperar o cérebro intacto se o corpo apresentasse algum problema.

– Eu tinha toda a confiança na habilidade da equipe da U.S. Robots

– declarou Andrew. – E agora posso comer.

– Bem, você pode tomar pequenos goles de azeite de oliva. Significará uma limpeza ocasional da câmara de combustão, como lhe explicamos. Um pormenor um tanto desconfortável, penso eu.

– Talvez, se eu não esperasse ir além. A autolimpeza não é impossível. Na verdade, estou trabalhando em um dispositivo que vai lidar com alimentos sólidos que contenham frações incombustíveis; matéria indigerível, por assim dizer, que terá de ser excretada.

– Então, você teria que desenvolver um ânus.

– O equivalente.

– O que mais, Andrew?

– Todo o resto.

– Genitália também?

– Sim, contanto que se encaixem nos meus planos. Meu corpo é uma tela onde pretendo desenhar...

Magdescu esperou que a frase fosse terminada e, quando pareceu que não seria, ele mesmo a completou.

– Um homem?

– Veremos – respondeu Andrew.

– É uma ambição medíocre, Andrew – disse Magdescu. – Você é melhor do que um homem. Você declinou a partir do momento em que optou pelo organicismo.

– Meu cérebro não sofreu dano.

– Não, não sofreu, eu admito. Mas, Andrew, todo esse novo grande avanço em dispositivos protéticos que as suas patentes possibilitaram está sendo comercializado sob o seu nome. Você é reconhecido como o inventor e é homenageado por isso... do modo como você é. Por que expor seu corpo ao risco?

Andrew não respondeu.

As homenagens foram se seguindo. Andrew aceitou tornar-se membro de várias sociedades científicas, inclusive uma dedicada à nova ciência que ele estabelecera: aquela que nomeara de biologia robótica, mas que viera a ser chamada de proteseologia.

No centésimo quinquagésimo aniversário de sua fabricação, houve um jantar solene em sua homenagem na U.S. Robots. Se Andew viu ironia nisso, guardou para si.

Alvin Magdescu deixara de lado a aposentadoria para presidir o evento. Ele próprio tinha noventa e quatro anos e estava vivo por conta de dispositivos protéticos que, entre outras coisas, realizavam as funções do fígado e dos rins. O jantar chegou ao clímax quando Magdescu, após um discurso breve e emotivo, ergueu a taça para brindar ao "Robô Sesquicentenário".

Andrew mandara remodelar os músculos do seu rosto a ponto de ser capaz de mostrar uma variedade de emoções, mas permaneceu reservadamente passivo durante todas as cerimônias. Não gostava de ser um Robô Sesquicentenário.

17.

Foi a proteseologia que enfim tirou Andrew da Terra. Nas décadas que se seguiram à celebração do Sesquicentenário, a Lua se tornara um mundo mais parecido com a Terra do que a própria Terra em todos os aspectos, exceto pela força gravitacional, e em suas cidades subterrâneas havia uma população bastante densa.

Lá os dispositivos protéticos tinham de levar em consideração a gravidade menor, e Andrew passou cinco anos na Lua trabalhando com proteseólogos locais para fazer as adaptações necessárias. Em seu tempo livre, andava entre a população de robôs, que em sua totalidade o tratava com a subserviência robótica devida a um ser humano.

Ele voltou para uma Terra monótona e sossegada, se comparada à Lua, e visitou os escritórios da Feingold e Martin para anunciar seu retorno.

O atual chefe da firma, Simon DeLong, ficou surpreso.

— Nos contaram que você estava voltando, Andrew (ele quase disse sr. Martin), mas não o esperávamos antes da semana que vem.

— Eu estava ficando impaciente — disse Andrew, bruscamente. Ele estava ansioso por ir direto ao ponto.

— Na Lua, Simon, eu estava encarregado de uma equipe de pesquisa de vinte cientistas humanos. Dei ordens que ninguém questionou. Os robôs lunares me acatavam como a um ser humano. Então, por que não sou um ser humano?

A expressão de DeLong foi tomada por um olhar cauteloso.

— Meu caro Andrew, como você mesmo acabou de explicar, é tratado como ser humano tanto por robôs quanto por humanos. Você é, portanto, um ser humano *de facto*.

— Ser um ser humano *de facto* não é suficiente. Não quero apenas ser tratado como um, mas ser legalmente identificado como um. Quero ser um ser humano *de jure*.

— Veja, essa é outra questão — falou DeLong. — Aí nós vamos esbarrar no preconceito humano e no fato incontestável de que, por mais que se pareça com um ser humano, você *não* é um ser humano.

– Em que sentido não sou? – perguntou Andrew. – Tenho a forma de um ser humano e órgãos equivalentes aos dos seres humanos. Na verdade, meus órgãos são idênticos aos de algumas pessoas protetizadas. Contribuí artisticamente, literariamente e cientificamente para a cultura humana, tanto quanto qualquer ser humano vivo no momento. O que mais se pode pedir?

– Eu não pediria mais nada. O problema é que seria preciso um ato do Legislativo Mundial para definir você como ser humano. Francamente, eu não esperaria que isso acontecesse.

– Com quem do Legislativo eu poderia falar?

– Com a presidente do Comitê de Ciência e Tecnologia, talvez.

– Você pode marcar um horário para mim?

– Mas você não precisa de intermediário. Na sua posição, você pode...

– Não. *Você* marca. – Nem passou pela cabeça de Andrew que estava dando uma ordem categórica para um ser humano. Ele se acostumara com isso na Lua. – Quero que ele saiba que a firma Feingold e Martin está me dando todo o apoio.

– Bem, agora...

– Todo o apoio, Simon. Durante cento e setenta e três anos contribuí muito com esta firma, de um jeito ou de outro. Tive obrigações para com membros individuais dela no passado. Não tenho nenhuma agora. Ocorre justamente o contrário, e estou cobrando a dívida.

– Vou fazer o possível – respondeu DeLong.

18.

A presidente do Comitê de Ciência e Tecnologia era natural do leste asiático e chamava-se Chee Li-Hsing. As vestes transparentes que usava – e que só ocultavam o que ela queria ocultar em razão da resplandecência – faziam-na parecer envolta em plástico.

– Eu me solidarizo com o seu desejo de ter direitos humanos plenos – disse ela. – Houve momentos na história em que segmentos da população humana lutaram por direitos humanos plenos. Porém, quais direitos você pode querer que ainda não tem?

— Uma coisa bem simples: meu direito à vida. Um robô pode ser desmontado a qualquer momento.

— Um ser humano pode ser executado a qualquer momento.

— Uma execução só pode ocorrer após o devido processo legal. Não é preciso um julgamento para me desmontarem. Apenas a palavra de um ser humano com autoridade é necessária para acabar comigo. Além do mais... além do mais... — Andrew tentou desesperadamente não deixar transparecer nenhum sinal de súplica, mas seus artifícios cuidadosamente projetados de expressão humana e tom de voz o traíram aqui. — A verdade é que eu quero ser um homem. Há seis gerações humanas que quero isso.

Li-Hsing olhou compreensivamente para ele com seus olhos escuros.

– O Legislativo pode aprovar uma lei declarando-o um ser humano; poderia até aprovar uma lei que definisse uma estátua de pedra como humana. Porém, a probabilidade de realmente fazer isso é a mesma tanto no primeiro caso quanto no segundo. Os congressistas são tão humanos quanto o restante da população, e sempre existe aquele elemento de desconfiança em relação aos robôs.

– Até hoje?

– Até hoje. Todos nós reconheceríamos o fato de que você conquistou o prêmio da humanidade e, no entanto, continuaria existindo o medo de estabelecer um precedente indesejável.

– Que precedente? Eu sou o único robô livre, o único do meu tipo, e nunca vai haver outro. Podem consultar a U.S. Robots.

– Nunca é um tempo longo demais, Andrew... Ou, se preferir, sr. Martin, uma vez que lhe dou com prazer a minha aprovação como homem. Vai descobrir que a maioria dos congressistas não está disposta a estabelecer o precedente, independentemente de quanto esse precedente possa ser insignificante. Tem a minha simpatia, sr. Martin, mas não posso lhe dizer que tenha esperança. Na verdade...

Ela se recostou e franziu a testa.

– Na verdade, se a questão ficar muito acalorada, pode muito bem surgir certa disposição, tanto dentro quanto fora do Legislativo, para facilitar o desmonte que mencionou. Eliminá-lo poderia se mostrar a forma mais simples de solucionar o dilema. Pense nisso antes de resolver insistir no assunto.

– Ninguém vai lembrar que criei a técnica de proteseologia praticamente sozinho? – perguntou Andrew.

– Pode parecer cruel, mas ninguém vai. Ou, se as pessoas lembrarem, será contra o senhor. Dirão que fez isso apenas por si mesmo. Dirão que foi parte de uma campanha para robotizar os seres humanos ou para humanizar os robôs, e, em ambos os casos, tratarão como uma iniciativa maldosa e perversa. O senhor nunca foi alvo de uma campanha de ódio político, sr. Martin, e posso lhe afirmar que seria objeto de um tipo de difamação a que nem o senhor nem eu daríamos crédito, mas haveria pessoas que acreditariam em tudo. Sr. Martin, siga com a sua vida.

Ela se levantou e, ao se aproximar da figura sentada de Andrew, pareceu pequena e quase infantil.

– Se eu decidir lutar pela minha humanidade, ficará do meu lado? – indagou Andrew.

Ela pensou, depois respondeu:

– Ficarei... até onde for possível. Se em algum momento essa posição ameaçar meu futuro político, talvez eu tenha que abandoná-lo, já que não é uma questão de princípios para mim. Estou tentando ser honesta com o senhor.

– Obrigado, e não vou pedir mais nada. Pretendo lutar até o fim, sejam quais forem as consequências, e vou recorrer à sua ajuda apenas enquanto puder dá-la.

19.

Não foi uma luta direta. A Feingold e Martin aconselhou paciência e Andrew murmurou em tom lúgubre que tinha um suprimento infinito dessa qualidade. Então, a Feingold e Martin começou uma campanha para delimitar e restringir a área de combate.

Moveram uma ação judicial suspendendo a obrigação do pagamento de dívidas a indivíduos com coração protético, alegando que a posse de um órgão robótico tirava a humanidade e, com isso, os direitos constitucionais dos seres humanos.

Batalharam nessa questão de maneira habilidosa e tenaz, perdendo a cada etapa, mas sempre de tal modo que a decisão tivesse forçosamente que ser a mais genérica possível e depois levando-a, por meio de apelações, para a Corte Mundial.

O processo levou anos e milhões de dólares.

Quando a decisão final foi proferida, DeLong realizou o equivalente a uma celebração de vitória pela derrota judicial. Andrew, claro, estava presente no escritório da companhia na ocasião.

– Fizemos duas coisas, Andrew – disse DeLong –, e as duas são boas. Em primeiro lugar, estabelecemos o fato de que, não importa a quantidade de artefatos que contenha, o corpo humano não deixará de ser um corpo humano. Em segundo lugar, envolvemos a opinião pública na questão de forma a colocá-la fervorosamente do lado de uma interpretação ampla de humanidade, já que não existe ser humano vivo que não deseje próteses se elas o ajudarem a viver mais.

– E você acha que, agora, o Legislativo vai me conceder a humanidade? – perguntou Andrew.

DeLong pareceu ligeiramente desconfortável.

– Quanto a isso, não posso me sentir otimista. Resta um órgão do corpo que a Corte Mundial adotou como critério de humanidade. Os seres humanos têm um cérebro celular orgânico e os robôs têm um cérebro positrônico de platina-irídio, quando têm, e você certamente tem um cérebro positrônico... Não, Andrew, não me olhe desse jeito. Não temos o conhecimento para reproduzir o trabalho de um cérebro celular em estruturas artificiais que sejam tão parecidas com o tipo orgânico a ponto de se enquadrarem na decisão da Corte. Nem mesmo você poderia fazer isso.

– O que devemos fazer, então?

– Tentar, claro. A congressista Li-Hsing estará do nosso lado, assim como um número cada vez maior de congressistas. O Presidente, sem dúvida, seguirá a maioria do Legislativo nessa questão.

– Nós temos maioria?

– Não, longe disso. Mas podemos conseguir se o público consentir que o próprio desejo por uma interpretação mais ampla de humanidade se estenda a você. Uma chance pequena, admito, mas, se você não quiser desistir, temos que arriscar.

– Eu não quero desistir.

20.

A congressista Li-Hsing estava consideravelmente mais velha do que da primeira vez que Andrew se encontrara com ela e já não se vestia com trajes transparentes. O cabelo estava bem curtinho e sua indumentária era tubular. No entanto, Andrew ainda se agarrava, dentro dos limites do gosto razoável, ao estilo que predominava quando adotou roupas pela primeira vez, havia mais de cem anos.

– Fomos o mais longe possível, Andrew – disse ela. – Vamos tentar mais uma vez depois do recesso, mas, para ser sincera, a derrota é certa e será preciso desistir dessa coisa toda. Todos os meus esforços mais recentes só me renderam uma inevitável derrota na próxima campanha para o Legislativo.

– Eu sei – falou Andrew –, e isso me angustia. A senhora disse, certa vez, que me abandonaria se chegasse a esse ponto. Por que não me abandonou?

– Uma pessoa pode mudar de ideia, sabe? De alguma maneira, o preço para abandonar sua causa se tornou mais alto do que o que eu estava disposta a pagar apenas para ter outro mandato. De todo modo, faz mais de vinte e cinco anos que estou no Legislativo. É o bastante.

– Não há como fazê-los mudar de ideia, Chee?

– Mudamos todos aqueles dispostos a ouvir a razão. Não dá para demover o restante, a maioria, de suas antipatias emocionais.

– Antipatia emocional não é uma justificativa válida para votar de um modo ou de outro.

– Eu sei, Andrew, mas eles não apresentam a antipatia emocional como justificativa.

– Tudo se resume ao cérebro, então; mas será que devemos restringir essa discussão ao tema células *versus* pósitrons? – perguntou Andrew com cautela. – Não existe nenhuma maneira de forçar uma definição funcional? Devemos dizer que um cérebro é feito disso ou daquilo? Não podemos dizer que um cérebro é uma coisa, qualquer coisa, capaz de certo nível de pensamento?

– Não vai funcionar – pontuou Li--Hsing. – Seu cérebro foi feito pelo homem; o cérebro humano, não. Seu cérebro foi construído; o dos humanos, desenvolvido. Para qualquer ser humano determinado a manter a barreira entre si mesmo e um robô, essas diferenças são uma parede de aço de mil metros de altura e outros mil de espessura.

– Se pudéssemos chegar à fonte dessa antipatia... à fonte exata...

– Depois de tantos anos de vida – comentou Li-Hsing com tristeza –, você ainda está tentando racionalizar o ser humano. Pobre Andrew, não fique bravo, mas é o robô em você que o leva nessa direção.

– Não sei – opinou Andrew. – Se eu conseguisse...

1. (REPRISE)

Se ele conseguisse...

Ele sabia havia muito tempo que as coisas poderiam chegar a esse ponto e, no final, estava no consultório do cirurgião. Encontrou um profissional habilidoso o suficiente para o trabalho em questão, o que significava um robô cirurgião, pois não se podia confiar em nenhum médico humano a esse respeito, nem em habilidade nem em intenção.

O cirurgião não poderia ter feito a operação em um ser humano, então Andrew, depois de adiar o momento da decisão com um triste questionamento que refletia seu turbilhão interior, pôs a Primeira Lei de lado dizendo: "Eu também sou um robô".

Então, com a mesma firmeza com que aprendera a dar ordens ao longo das últimas décadas, inclusive a seres humanos, ele falou:

– Eu *ordeno* que me opere.

Na ausência da Primeira Lei, uma ordem tão firme, dada por alguém que se parecia tanto com um humano, ativou a Segunda Lei com força suficiente para impô-la sobre a lei anterior.

21.

A sensação de fraqueza de Andrew era imaginária, ele tinha certeza disso. Recuperara-se da cirurgia. Todavia, recostou-se contra a parede da forma mais discreta que pôde. Sentar-se seria revelador demais.

– O voto final sairá esta semana – disse Li-Hsing a ele. – Não consegui mais adiar e devemos perder... e será o fim, Andrew.

– Agradeço a sua habilidade em prorrogar a decisão – falou Andrew. – Deu-me o tempo de que precisava e fiz a aposta que tinha que fazer.

– Que aposta é essa? – perguntou Li-Hsing com nítida preocupação.

— Eu não podia contar para a senhora nem para o pessoal da Feingold e Martin. Tinha certeza de que me impediriam. Veja bem, se é o cérebro que está em discussão, não seria a questão da imortalidade a maior diferença de todas? Quem realmente se importa com a aparência, a composição ou a maneira como foi formado um cérebro? O que importa é que as células cerebrais morrem; *devem* morrer. Mesmo que todas as outras partes do corpo sejam mantidas ou substituídas, as células do cérebro — que não podem ser substituídas sem alterar e, portanto, matar a personalidade — devem morrer um dia.

"As minhas vias positrônicas duraram quase duzentos anos sem mudanças perceptíveis e podem durar séculos mais. Não é *essa* a barreira fundamental? Os seres humanos podem tolerar um robô imortal, pois não importa quanto dura uma máquina. O que eles não podem tolerar é um ser humano imortal, já que a sua própria mortalidade é suportável apenas enquanto seja universal. E por essa razão não querem me tornar humano."

— Aonde você está tentando chegar, Andrew? – indagou Li-Hsing.

— Eu resolvi esse problema. Décadas atrás, meu cérebro foi conectado a nervos orgânicos. Agora, uma última operação dispôs essa conexão de tal forma que, aos poucos, bem aos poucos, o potencial das minhas vias positrônicas vai se exaurir.

Por um momento, o rosto delicadamente enrugado de Li-Hsing não demonstrou qualquer expressão. Então, ela estreitou os lábios.

– Você quer dizer que providenciou um jeito de morrer, Andrew? Você não pode ter feito isso. Viola a Terceira Lei.

– Não – respondeu Andrew –, eu escolhi entre a morte do meu corpo e a morte das minhas aspirações e desejos. Deixar que meu corpo vivesse à custa de uma morte maior é que violaria a Terceira Lei.

Li-Hsing pegou o braço dele como se estivesse prestes a sacudi-lo. Ela se conteve.

– Andrew, não vai funcionar. Desfaça isso.

– Não dá. Muito dano já foi feito. Tenho um ano de vida, mais ou menos. Existirei até o ducentésimo aniversário da minha construção. Fui fraco o bastante para me permitir fazer isso.

– Como pode valer a pena? Andrew, você é um tolo.

– Se me trouxer humanidade, valerá a pena. Se não trouxer, vai pôr um fim na luta, e isso valerá a pena também.

E Li-Hsing fez algo que surpreendeu a si mesma. Discretamente, começou a chorar.

22.

Foi estranho o modo como esse último ato mexeu com a imaginação do mundo. Tudo o que Andrew fizera não os convencera. Mas ele aceitara até mesmo a morte para ser humano, e o sacrifício era grande demais para ser rejeitado.

A cerimônia final foi agendada, de maneira bem proposital, para o ducentésimo aniversário. O Presidente do Mundo ia assinar o decreto e transformá-lo em lei, e tal ato poderia ser visto em rede mundial, sendo transmitido também para a estação lunar e, inclusive, para a colônia marciana.

Andrew estava em uma cadeira de rodas. Ele ainda conseguia andar, mas apenas a passos vacilantes.

Com a humanidade assistindo, o Presidente Mundial falou:

— Cinquenta anos atrás, você foi declarado o Robô Sesquicentenário, Andrew. — Após uma pausa e com um tom mais solene, ele acrescentou: — Hoje, nós o declaramos o Homem Bicentenário, sr. Martin.

E Andrew, sorrindo, estendeu a mão para apertar a do Presidente.

23.

Os pensamentos de Andrew se extinguiam aos poucos enquanto ele estava na cama.

Andrew agarrou-se a eles desesperadamente. Homem! Ele era um homem! Ele queria que esse fosse o seu último pensamento. Queria desvanecer... morrer... com isso.

Abriu os olhos mais uma vez e pela última vez reconheceu Li-Hsing esperando solenemente. Havia outros, mas eram meras sombras irreconhecíveis. Apenas Li-Hsing se destacava contra o cinza crescente. De modo lento e demorado, ele estendeu a mão para ela e, muito débil e vagamente, sentiu que Li-Hsing a segurava.

Ela ia desaparecendo aos seus olhos à medida que seus últimos pensamentos se esvaíam.

Mas, antes que ela desaparecesse por completo, um último pensamento fugaz surgiu e repousou por um momento em sua mente antes que tudo cessasse.

– Pequena Senhorita – sussurrou ele, baixo demais para ser ouvido.

SOBRE O AUTOR

Isaac Asimov nasceu em Petrovich, Rússia, em 1920. Naturalizou-se norte-americano em 1928. O Bom Doutor, como era carinhosamente chamado pelos fãs, escreveu e editou mais de 500 livros, entre os quais *O fim da eternidade*, *Os próprios deuses*, a Série dos Robôs, a trilogia da Fundação e as histórias de robôs que inspiraram filmes como *Eu, Robô* e *O homem bicentenário*. Além de suas mundialmente famosas obras de ficção científica, Asimov alcançou sucesso também com tramas de detetive e mistério, enciclopédias, livros didáticos, textos autobiográficos e uma impressionante lista de trabalhos sobre aspectos variados da ciência. Morreu na cidade de Nova York em 1992.

O homem bicentenário

TÍTULO ORIGINAL:
The Bicentennial Man

COPIDESQUE:
Débora Dutra Vieira

CAPA E PROJETO GRÁFICO:
Paula Cruz

REVISÃO:
Renato Ritto
Isabela Talarico

DIREÇÃO EXECUTIVA:
Betty Fromer

DIREÇÃO EDITORIAL:
Adriano Fromer Piazzi

PUBLISHER:
Luara França

EDITORIAL:
Andréa Bergamaschi
Caíque Gomes
Débora Dutra Vieira
Juliana Brandt
Luiza Araujo

COMUNICAÇÃO:
Gabriella Carvalho
Giovanna de Lima Cunha
Júlia Forbes
Maria Clara Villas

COMERCIAL:
Giovani das Graças
Gustavo Mendonça
Lidiana Pessoa
Roberta Saraiva

FINANCEIRO:
Adriana Martins
Helena Telesca

DADOS INTERNACIONAIS DE CATALOGAÇÃO NA
PUBLICAÇÃO (CIP) DE ACORDO COM ISBD

A832h   Asimov, Isaac
O homem bicentenário / Isaac Asimov ; traduzido por
Aline Storto Pereira ; ilustrado por Paula Cruz. - 2 ed. -
São Paulo : Editora Aleph, 2023.
160 p. ; 11cm x 15cm.

Tradução de: The bicentennial man
ISBN: 978-85-7657-586-3

1. Literatura americana. 2. Ficção científica. I. Pereira, Aline
Storto. II. Cruz, Paula. III. Título.

2023-1507   CDD 813.0876
                                       CDU 821.111(73)-3

ELABORADO POR VAGNER RODOLFO DA SILVA - CRB-8/9410
ÍNDICES PARA CATÁLOGO SISTEMÁTICO:
1. Literatura americana : ficção científica 813.0876
2. Literatura americana : ficção científica 821.111(73)-3

COPYRIGHT © ISAAC ASIMOV, 1976
COPYRIGHT © EDITORA ALEPH, 2023

TODOS OS DIREITOS RESERVADOS. PROIBIDA
A REPRODUÇÃO, NO TODO OU EM PARTE,
ATRAVÉS DE QUAISQUER MEIOS SEM A
DEVIDA AUTORIZAÇÃO.

Rua Bento Freitas, 306, cj. 71 – São Paulo/SP
01220-000 • TEL.: 11 3743-3202
www.editoraaleph.com.br

TIPOGRAFIA:
Servus Slab [texto]
Zuume Edge [entretítulos]

PAPEL:
Pólen Natural 70 g/m² [miolo]
Couché 150 g/m² [capa]
Offset 150 g/m² [guardas]

IMPRESSÃO:
Ipsis Gráfica [julho de 2023]